KB102667

좋은 패스는
달리는 사람에게
날아간다

7년 차 카피라이터가
전쟁 같은 회사에서
나를 지키며 일하는 법

좋은 패스는 달리는 사람에게 날아간다

오하 글 / 조자까 그림

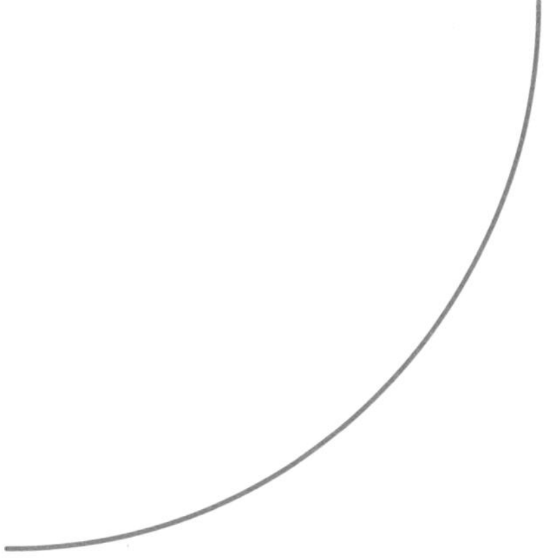

whale books

프롤로그

오늘도 우리는 달려야 한다 언젠가 좋은 패스가 온다는 믿음으로

나는 어렸을 때부터 꿈꿔왔던 광고회사에 지금 다니고 있다. 게다가 한 회사에서 1년에 한두 명도 뽑지 않는다는 카피라이터의 타이틀을 명함 속 이름 밑에 새기고 있다. 운 좋게 입사에 성공한 후 앞으로는 꽃길만 걷나 싶었다.

하지만 회사에 다니면서 취업 준비생에게는 입사는 끝의 지점이지만, 사회인으로서의 입사는 시작일 뿐이었다는 것을 알게 되었다. 수많은 사람과 일과 이해관계로 이루어진 회사 안에서의 시간은 결코 내 마음 같지 않았다. 그렇게 앉고 싶던 자리가, 어느새 세상에서 가장 떠나고 싶은 자리가 되어 있었다.

일이 주는 기쁨도 있지만, 그보다 많은 슬픈 감정들이 점점 나를 지치게 했다. 하지만 나는 멋지게 퇴사할 수 있는 사람들과는 다른 사람이고 지금의 자리에서 할 수 있는 일을 찾고 싶었다.

지금 분명한 건 나는 나의 일을 좋아하고 있고, 이 일을 오래 하고 싶다는 것이다. 좋은 아이디어를 팀원들과 즐겁게 발상하고, 좋은 카피를 써서 팀과 회사와 내가 맡은 브랜드에 도움이 되는 역할을 오래 이어가고 싶다. 좋아서 시작한 일이니까 제대로 잘 해내고 싶다. 직장에서 사회에서 유의미한 사람이고 싶다.

그래서 이 책은 방법론이나 자기계발과는 멀다. 회사에서 복잡한 감정들이 태어날 때마다 나만의 방식으로 메모해놓은 그리 특별하지 못한 기록에 더 가깝다면 가깝다. 일이 주는 기쁨을 작지만 온전히 느끼고, 화나고 아픈 일들은 흘려보낼 수 있는 단단한 내가 될 수 있도록 내일의 나에게 보내는 오늘의 기록이자 주문 비슷한 것이기도 하다.

그래서 이 책에서는 회사 생활을 해나가며 후배에게 물려주지 말아야 할 것들, 그래도 조금은 바꿀 수 있는 희망이 보이는 것들이나 힘든 순간이 와도 나를 버티게 해주는 고마운 순간들 그리고 조금이지만 성장한 나의 모습 등이 엮여 있다. 퇴사하라, 벗어나라는 말이 해결책이 될 수 없는 사람들에게 오늘과 내일 사이를 잘 달리고자 하는 우리들의 이야기이다.

다들 그렇게 광고회사 힘들다 그랬지만, 그럼에도 불구하고 오늘을 이어나가고 싶은 특별하지 않은 어느 직장인의 기록이다. 지혜와 요령은 담지 못했으나, 나는 우리의 오늘과 내일을 말하고 싶었다.

목 차

1부 커뮤니케이션의 이해

2부 / 내가 광고회사 힘들다 그랬잖아

3부 그래도 출근한다

크리에이티브 디렉터
Creative Director

부장 아트디렉터
Chief Art Director

부장 카피라이터
Chief Copywriter

막내 아트디렉터
Art Director

막내 카피라이터
Copywriter

크리에이티브 디렉터 (Creative Director, 줄여서 CD)

광고회사에서 제작 파트를 총괄하는 사람. 쉽게 말해 제작팀의 대장이다. 회사마다 다르지만 보통 5~6명 정도의 팀 단위를 이끈다. CD는 광고의 텍스트와 비주얼 모두를 판단하고 책임져야 하기에 높은 경험치가 필요하다. 아트디렉터, 카피라이터, PD 등 광고회사에 다니는 제작팀이라면 누구나 CD가 될 기회가 열려 있다.

아트디렉터 (Art Director, 줄여서 AD)

우리가 보는 영상, 지면 광고에 나오는 모든 비주얼을 책임지는 사람. 가족의 얼굴보다 포토샵과 일러스트를 더 자주 볼지도 모르겠다. 비주얼 알(지)못(하는 사람)들의 "화~하고 싸~한 느낌"이나 "그 왜 막 땋! 하는 느낌" 등 말도 안 되는 느낌들을 구현해내는 사람들. 자주 쓰는 말로는 "그때까지 어떻게 다 만들어요" "이 일 그만두겠습니다" 등이 있다.

카피라이터 (Copywriter, 줄여서 CW)

우리가 보는 광고에 들어가는 모든 글을 책임지는 사람. 연예인들이 광고에서 던지는 멋진 한마디도 쓰지만 누가 이걸 볼까 싶은 곳의 구석구석의 글까지 모두 카피라이터가 책임진다. 맞춤법에 예민하니 카피라이터 앞에선 조금 주의하자.

1부

커뮤니케이션의
이해

기획부터 아이디어까지

일	월	화	수
1	2	3	4
	광고주 OT		기획 + 제작 킥오프 회의
8	9	10	11
	제작 1차 아이디어 회의	제작 2차 아이디어 회의	제작 3차 아이디어 회의
15	16	17	18
	광고주 실무 보고		광고주 대표 보고

한 편의 광고를 만드는 과정은 광고주의 요청으로 시작된다. 광고주가 만들고 싶은 제작물에 대한 내용을 알려주는 것이 OTOrientation이며, 기획팀은 OT 이후부터 제안 방향을 고민해서 제작팀에게 제작 OT를 주고, 제작팀은 기획팀이 고민한 방향을 기준으로 그에 맞는 표현 방법(카피, 비주얼 등)을 고민하기 시작한다.

잘 정리된 카피와 비주얼은 기획팀과 합의 후, 광고주 실무진에게 먼

목	금	토
5	6	7
	제작 OT	
12	13	14
기획 + 제작 아이디어 공유 회의		
19	20	21
컨펌		끝난 줄 알았지? 이제 시작이야.

* 상기 스케줄은 상황에 따라 변동될 수 있습니다.

저 보고한다. 광고주 또한 그들의 대표에게 보고를 해야 하므로 최종 결정 전, 아이디어를 확인하는 절차는 꼭 필요하다. (우리처럼 그들도 회사에서는 을이기 때문에.)

보통 이 과정은 짧게는 약 2주, 길게는 6개월 이상 시간을 쓰는 프로젝트까지 다양하게 존재한다. 모든 과정이 순조롭다면 좋겠지만, 그랬다면 나는 이 책을 쓰지 않았겠지.

OT를 받았다.

오리엔테이션 (Orientation, 줄여서 OT)

본격적으로 광고를 만들기 전, 기획팀과 제작팀이 모여 광고주 분석, 문제점, 전략 설정 등 전체적인 상황을 파악하는 시간. 전쟁의 서막을 알리는 첫 회의이기도 하다.

전쟁이 시작됐다.

회의실은

회의를 느껴서 회의실인가…….

킥오프는

이 상황을 발로 차고 싶어서
킥오프인가…….

회의실과 킥오프

[회의실]

사전적 의미: 여럿이 모여 회의하는 데 쓰이는 공간

개인적 의미: 들어갈 때마다 업에 대한 회의를 느끼는 공간

[킥오프]

사전적 의미: 축구 경기를 시작할 때 공을 중앙선에 놓고 차는 일

개인적 의미: 밑도 끝도 없는 요청 사항을 발로 차고 싶은 마음

아, 제가 광고주 의견을
받아왔는데요. 히히~

모르게써요

모르게써요
그냥 모르고
싶어요

ㅅㅂ, 뭐지…….
어쩌란 거지…….

문제와 해결

문제를 해결하는 가장 첫 번째 방법은
문제가 있다는 걸 인식하는 거라던데.

문제를 모르면
해결할 수도 없겠습니다.

론칭 캠페인
브리프

2차 캠페인
브리프

1등 브랜드
브리프

후발 브랜드
브리프

돈 받고 하는 일 중에 쉬운 건 없다

론칭 캠페인이면, 와 그냥 뭐 막막한 느낌.
2차 캠페인이면, 이전이 쉬웠던 느낌.
1등 브랜드의 캠페인이면, 이미 할 말 다 한 느낌.

그래, 돈 받고 하는 일인데 쉬울 리가 없지.

광고회사
용어 사전

회의 시간,
직급이 낮은 순서대로
아이디어를 읊조리다.

광고주가 납득했다!!!

광고회사를 정상적으로 다니다.

내가 아까 시킨 업무가
한 번에 컨펌이 날 만큼
완벽하게 다 됐니?

난 마음속으로 메뉴를 정했지만,
예의상 물어볼게.
내 마음을 맞혀보겠니?

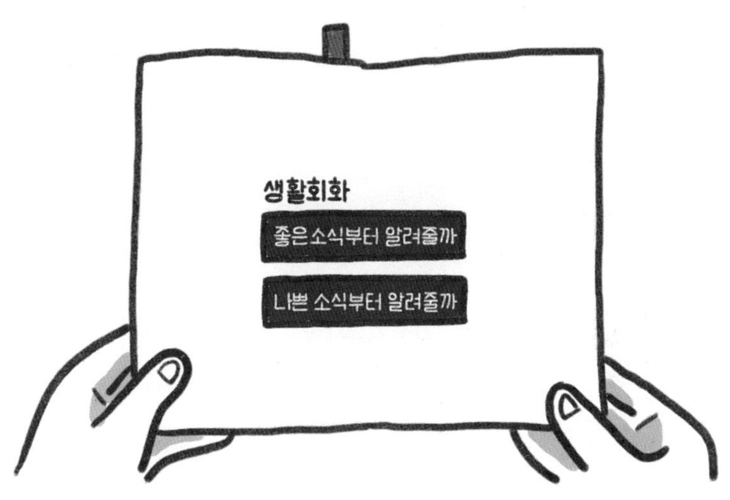

좋은 소식: 회사에게 좋은 소식
나쁜 소식: 나에게 나쁜 소식

우리에게 좋은 소식이 있어!
진짜요?

드디어 A안으로 결정됐다는 거야!
와아!

교훈: 좋은 소식과 나쁜 소식이 있다면, 둘 다 나쁜 소식일 가능성이 높다.

우리가 하는 일

우리는 매번 새로운 제품을 만난다.

그 제품의 좋은 점을 널리 알리기 위해 공부하고 고민하는 것이 일이다.

카피라이터는 제품의 좋은 점을 사람들이 알아볼 수 있도록,
아트디렉터는 제품이 가장 매력적으로 보일 수 있도록

오늘도 끝없이 고민한다.
많은 사람이 좋아해주길 바라면서…….

N차
아이디어 회의

아이디어 A

아이디어 B

아이디어 C

다시 한번 볼까?
…
아뇨….
그냥 죽여주세요.
쓰레기

라떼 이즈 호올~스~?

열정 같은
소리하시네

야근 많이 하려고
청춘 다 불태우려고 시작한 일이 아닌데,
옛날 분들은 그렇게 오해들을 많이 하십니다.

똥

똥은 똥! 하고 나오니까,

똥인 줄 알겠는데

내 아이디어는 뚱! 하고 나오지 않았는데

왜 똥이라 그러냐?

으-
흠-

꺄아

칭찬을
꺼내 먹어요

어쩌다
칭찬 한 번 받으면
메모해 놨다가
생각날 때,
꺼내 보고
힘들 때,
꺼내 보고
잊을 만하면,
또 보고
그렇게
칭찬 한마디에
6개월을 먹고사는 쪼렙 시절.

잘하고 싶은 마음을 가진 사람에게는 아주 작은 칭찬도 큰 힘이 된다. 특히나 좌절이 일상인 신입 사원에게는 칭찬의 위력은 더욱 거대해진다. 신입 사원이 능숙하지 못한 건 너무 당연한 건데, 그때의 욕심은 모두가 겪었듯 잘하고 싶은 마음에 눈이 멀어 그리 이성적이지 못하다. 그래서 내가 잘 못 하는 작은 부분들을 스스로에게 큰 부족함으로 확대시키는 건 기본이다. '나는 왜 카피를 잘 못 쓸까' '나는 왜 좋은 생각을 못 할까' '내 아이디어는 언제쯤 팔릴까(채택이 될까)'와 같은 부러움과 오기만으로 회의가 마무리되던 때도 있었다. 이렇게 신입 시절이라는 것은 자존감이 지층을 뚫고 내핵까지 향하는 시기다.

나의 신입 시절 또한 비슷했다. 내 아이디어가 프린트되는 종이를 보며 한국의 연간 쓰레기 배출량에 이바지하는 내 모습이 한심스러웠고, 오늘은 또 어떤 새로운 쓰레기를 만들어낼까 하는 자기비하적인 생각도 서슴지 않았다. 잘 해내고 싶은 마음으로부터 생겨난 난폭한 마음이었다.

그런 내 모습을 본 선배들은, 여러 조언을 해주었으나 나의 쓸데없는 초고온의 열정은 그 조언을 받아들이지 않았다. 긴 자존심 바닥의 시절, 그러다 사막에서 오아시스를 발견하듯 칭찬을 듣는 날이 아주 가끔 찾아 온다.

칭찬의 탈을 쓰고 있으나 분명 선배는 큰마음 없이 가볍게 던진 말인 것 같은데, 그걸 듣는 후배에겐 수천 수백 배만큼 큰 힘으로 돌아왔다. 그리고 그 작은 칭찬은 지속력도 쩔어주기 때문에 힘들 때 꺼내 보면 다시 동기부여가 되어준다.

아마 사원 3년 차 때의 일이었던 것 같다. 아이디어 회의 중간 팀장님이 "너는 이해가 빠르구나"라고 내게 칭찬을 한 적이 있었다. 내가 특별하다는 것도 아니고, 유일한 답을 찾았다는 것도 아닌 그저 하나의 프로젝트 회의 시간 중, 하나의 주제에 대한 아주 작은 칭찬이었다.

창피한 말이지만 나는 그 말을 되새김질하며 6개월을 먹고살았다. 마음의 여유가 없는 날에는 그 말을 떠올리며 힘을 냈고, 업무로 밤을 하얗게 불태운 날에도 그 말을 생각해내며 지친 마음을 다독였다. (사실 지금도 나의 에버노트에 저장되어 있다.) 지금 보면 고작 그 한마디에? 라고 생각하겠지만 그땐 자존감이 내핵과 하이파이브를 하고 있던 쪼렙 시기였기 때문에 거기서 나를 구원해줄 무언가가 절실했는지도 모른다. 칭찬의 말은 이렇게나 강하다.

그 한마디의 힘은 거기서 끝이 아니었다. 나는 '이해력이 높은 사원'이라는 타이틀을 지키고 싶었다. 그래서 지금도 OT 브리프를 받는 순간, 의도를 정확하게 이해하려는 작은 태도로 자리 잡게 되었다.

보고 들은 것들과 나의 경험을 종합한 결과, 칭찬은 마치 어두운 길에 가로등을 켜주는 것과 같다. 실력은 부족하지만 에너지는 충분한 신입 시절, 어디로 가야 할지 몰라 헤매고 있을 때 칭찬의 힘으로 뻗어나갈 수 있는 수많은 길 중 하나에 가로등이 켜졌기 때문에, 그 방향으로 나는 힘차게 달릴 수 있었다.

후배들은 수많은 (그리고 아직은 어두운) 여러 가능성의 길을 가지고 있다. 그러니 선배들은 크고 작은 칭찬으로 많은 가능성의 길에 빛을 켜줬으면 좋겠다. 대단한 발견도 필요 없다. 영혼 없는 가벼운 한마디라도 좋다. 그 말의 확대 해석(?)은 후배들에게 맡기시라.

막내가
원하는 초능력

새벽까지 야근하더라도
절대 늦잠을 자지 않음

사수 빵치는
개그감

짜증 나는 농담에도
포커페이스

모두의 취향에 맞는
식당 찾기

가끔 철판 깔고
정시에 퇴근해버림

회의실 예약을
기가 막히게 함

점심시간이라 쓰고
또 다른 업무 시간이라 읽는다

ㅎㅎ 그냥 사다리 탈게요.

햄버거로 결정되겠네요.
슥
슥
햄버거

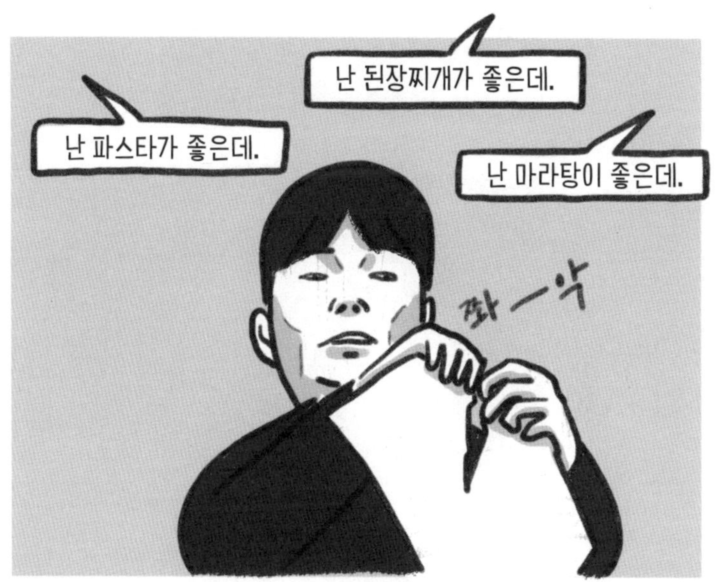

아, 제발

금요일 PM 5:30
슈우-웅
업무마감
에?

수정된 시안과
추가시안 3가지
월요일 출근하면
볼 수 있게 해주세요

으익!!! 깜짝이야!!
이거 뭐야?!!
퇴근중
!!

철저히 반송하겠다.

ASAP

① 'As Soon As Possible' 약자

② '가능하면 빨리'가 아니라 '불가능해도 빨리'가 맞는 해석

③ 광고회사에 다닌다면 OT와 동시에 듣는 말

④ 광고회사 아니라도 당연히 듣는 말

⑤ 편하게 '아삽'이라고 부르며

⑥ 퇴근 빼고 다 '아삽'이라고 보면 된다.

⑦ 아니ㅜㅏ 널;ㅓ낭할어

꽃 갈네

AE (Account Executive)
광고 기획자. 광고주와 광고회사 제작팀 사이에서 커뮤니케이션을 담당하는 사람들

아니! 맨날 꺾여서 그래!!

제길, 내가 진짜 서러워서…….

서울의 평화 1

광고회사 다니시나 봐?

어떻게 아셨……?
이 시간에 술 냄새 안 나면
광고회사 아님 IT 쪽이던데?

어쩌면 서울 택시는
우리가 먹여 살리고 있는 거 아닐까?
(아니다.)

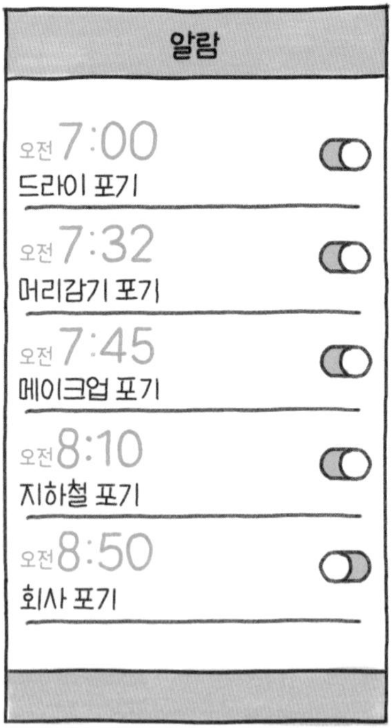

알람

오전 7:00
드라이 포기

오전 7:32
머리감기 포기

오전 7:45
메이크업 포기

오전 8:10
지하철 포기

오전 8:50
회사 포기

회사
포기

내 가슴은 예스라고 말하지만,
내 통장은 아니라고 말한다.

인풋을 주세요

이리 줘!
빨리 다음 회의 준비하자.

며칠째 집에 못 가냐 우리…….

야근과 새벽 출근을 반복하는 사람에게
좋은 아이디어가 나올 리 없다.
좋은 아웃풋을 위해선 충분한 인풋이 필요하다.

우리는 보고 듣고 읽고 먹는 것으로 만들어지고,
그렇게 만들어진 우리가 좋은 것을 만들기 때문이다.

우리는
도라에몽이
아니다

만화 캐릭터 도라에몽에게는 마법의 주머니가 달려 있다. 그래서 주인공 진구가 원하는 건 무엇이든 도라에몽의 마법 주머니에서 얻을 수 있다. 수많은 물건을 얻는 대신 진구가 지불하는 대가는 없다. 그야 만화니까.

언젠가부터 우리는 마치 끝없이 쏟아져 나오는 도라에몽의 주머니라도 장착한 것 마냥 책상에 앉아 그저 좋은 아이디어가 나올 때까지 짜내고 짜내는 것만 반복하는 게 아닌가 싶었다. 그 대가로 우리의 체력, 시간, 그날의 기분, 혹은 수명과 같은 아주 중요한 것들을 지불하면서 말이다. 특히나 광고회사에 다니는 사람들은 좀 더 다른 생각, 좀 더 재미있는 카피, 좀 더 안 해봤던 것들을 고민하는 게 일이기 때문에 스스로가 좋은 아웃풋에 집착하기도 한다.

여기서 우리는 사람에게서 나오는 좋은 생각의 출처를 생각해볼 필요가 있다. 아마 우리가 평소에 만나고 경험하고 먹어 보고 느끼는 것들이 출처일 것이다. 이런 회사 밖에서의 경험이 언젠가 내 것이라 말할 수 있을 만큼 소화된 후에 회사에서도 써먹을 수 있는 아웃풋, 즉 좋은 생각의 재료가 된다. 이것은 평소 인풋이 없으면 자신과 회사가 그토록 바라던 양질의 아웃풋이 나올 수 없다는 말과 같다.

단순하게 생각해보면 이 말은 자연의 섭리와 같다. 먹은 것이 있어야 변이 나오고, 당근 주스를 만들기 위해서는 당근이 필요하다는 자연스럽고 당연한 이치 말이다. 사람도 마찬가지 아닐까? 보고 듣고 겪은 것이 있을 때, 좋은 생각이 있을 수 있다.

우리는 도라에몽이 아니다. 그리고 그렇게 되어서도 안 된다. 좋은 재료를 보고 듣고 먹은 후에 자신의 것으로 만들어 좋은 아이디어로 만드는 일, 이 자연스러운 섭리를 따라야 한다.

일하며 얻는 성취도 중요하지만 그 일이 스스로 노력하는 것 이상으로 나를 깎아가며 만든 결과물이라면 나는 이 일을 오래 할 수 없을 거라고 확신한다. 하지만 나는 이 일을 좋아하는 마음으로 시작했고 오래, 잘하고 싶다.

밤새워 일하고 수명을 깎아가며 회사에 헌신해 좋은 결과를 만드는 일을 로망으로 생각하는 시대는 이미 한참×100 지났다.

열심히 일하는 것은 필요하다. 회사와 그렇게 계약했고, 일이 주는 즐거움은 삶을 풍요롭게 만드는 중요한 요소 중 하나이기 때문에. 동시에 우리는 일에 집중하는 만큼 인풋에도 인위적인 노력을 쏟아야 한다. 인풋과 아웃풋의 밸런스가 적절해질 때 마침내 우리는 흔들리지 않고 안정적으로 나아가기 때문이다. 그렇게 적절한 밸런스는, 일터와 삶 모두를 즐겁게 만들 것이다.

이제는 모두가 알 때가 되었다. 나를 채우는 일은 나에게도, 회사에도 필요한 일임을. 우리는 보고 듣고 읽고 먹는 것으로 만들어지고 그렇게 만들어진 우리가 좋은 것을 만든다는 것을.

로케 촬영 장소를 이르는 말
게티 이미지 사이트

광고밖에 모르는 바보

진짜 바보 등신.

우리는 모두 누군가의

회의를 하다 보면

종종 의견이 다를 때가 있어.

그럴 때마다 이렇게 생각해도 좋아.

어차피 너도 누군가한테는 되게 별거 아님.

상사의 아이디어를 거절하는 방법

이해했지만
이해 못한 표정

광고주가 이걸
받아먹을 수 있을까요?
(광고주를 탓함)

차장과 부장의
리액션을 따라 함

아…….
(침묵)

안정적인 레이아웃

한눈에 들어오는 깔끔함

그럼에도 우리는 성장하고야 마는데…

가끔은
작지만 귀여운 나의 능력에
한껏 취해본다.

C 브랜드
B 브랜드
A 브랜드
D 브랜드
잘 봐, 잘리기 싫으면.

PT 나무
내 목 걸렸네

저걸 따야 하는데…

안 그러면 내 목이 따이는데….

경쟁 PT

경쟁 프레젠테이션의 약자. 광고주가 여러 광고회사에 초대장을 보낸 다음, 각 회사의 광고 기획안을 받아보고, 앞으로 같이 할 대행사를 선정하는 과정

피드백 전달 드렸고요.
보시면 무슨 말인지 아실 겁니다.
몰라. 뭐야, 무서워.

광고주
피드백어 사전

안녕하세요.

= 자, 게임을 시작하지.

다름이 아니라

= 다름

몇 가지 피드백 전달 드리려고요.

= 첨부파일: 피드백_약간_(30페이지).pptx

주말엔 좀 쉬시고, 월요일에 출근하면 볼 수 있도록

= 주말에 쉬는 사람: 메일을 쓰는 나,
월요일까지 준비해야 하는 사람들: 메일을 받는 너희들

고생이 많으십니다. 잘 부탁드릴게요.

= 광고주님이 채팅방을 나가셨습니다.

피드백이요.
AE

믿을 게요.
싫다네요.
다시 해요.

피드백이 나에게 오는 과정

처음 나온 피드백에
마케팅팀 의견 하나
홍보팀 의견 하나
영업팀, 유통팀 의견 하나
그렇게 여러 사람의 생각을 거쳐
나에게 오는 순간,
펼쳐지는 ~~마포대교~~ 아니 우주.

고생했으니 고기나 먹으러 가자!
얘들아, 우리 떨어…졌대…….
다른 거 따면 되죠~

PT에 떨어졌다

회사에서 우리는 수많은 실패와 거절을 만난다.
업계에서 수십 년 일한 선배들에게도
거절은 아픔이고 쓴 말이다.
하지만 실패가 주는 좌절엔 별다른 약이 없다.
빨리 털어낼 수밖에.

실패는 빨리 뒤로하고

회사에서 우리는 생각보다 많은 실패를 만나게 된다. 그 이유는 다양하다. 잘하지 못했기 때문에, 무언가가 마음에 안 들어서, 실무자는 마음에 들었지만 대표님의 의견은 달라서, 혹은 이유 없음, 모름과 같은 것들.

광고회사에서의 실패는 대부분 경쟁 PT에서 경험하게 된다. 경쟁 PT는 경쟁+Presentation의 합성어로, 쉽게 말해 다수의 광고회사가 각자의 전략과 아이디어로 경쟁해 최종 선택된 한 대행사만이 광고주의 계약을 따내는, 일종의 비정기적 이벤트 같은 것이다. 쉽게 <프로듀스 101>로 비유하자면 국민 프로듀서님을 만족시킬 여러 전략과 아이디어를 준비해서 최종으로 단 한 명의 강다니엘이 되는 오디션에 도전하는 것과 비슷하다.

광고회사에서는 한 달에 한두 번, 일 년이면 수십 번의 경쟁 PT에 참여하게 된다. 진행 중인 업무는 그대로 유지하면서 플러스알파로 주어지는 업무이기 때문에 꽤 큰 부담이 따르는 업무다. 하지만 경쟁 PT의 승리는 곧바로 개인과 팀의 실적으로 반영되고, 새로운 광고주를 수주하는 것은 쉽게 맛볼 수 없는 경험이기 때문에 짜릿한 점도 분명 있다.

그러나 현실은 가혹하다. 광고주는 하나고, 참여하는 광고회사는 많다. 그러니 누군가는 승리하지만 대부분의 광고회사는 탈락하게 된다. 기발한 아이디어와 잘 만든 캠페인을 제안했을지라도 경쟁 PT에 떨어지는 건 너무 흔한 일이다. 심지어 떨어진 이유도 알 수 없다. 7년 정도 일했으면 이제는 경쟁 PT 탈락에 익숙해질 만도 한데, 나는 여전히 눈앞의 실패들이 두렵고 아쉽기만 하다.

실패에서 벗어날 방법을 찾아도 봤지만, 실패는 신이 아닌 이상 피할 수 없다는 것이 결론이다. 그래서 실패와 맞서 싸우려 하는 게 미련한 행동일지도 모른다. 실패 앞에서는 인연이 아니었구나 생각하고 쿨하게 떠나보내는 자세가 필요하다. 신이 아니니까 어쩔 수 없는 일은 뒤로 제쳐두고, 인간으로서 어쩔 수 있는 일에 집중할 때다. 아쉽지만 이미 쏟아버린 체력과 날려버린 어젯밤은 어디서도 보상받을 수 없다. 하지만 어제의 실패로 오늘까지 날려버리게 둘 수도 없다.

CD 님을 괜히 위로해준 것 같다.

약속이 취소됐다

오늘도
저녁이 있는 삶의
꿈★은 미루어진다. ^^

아, 좀 더 있어빌리티한 비주얼 필요.

으으윽… 바디 카피에 마무리즘이 부족.

야야야. 확산어블한 아이디어도 필요.

아, 씨……. 난 아무 생각 없는데.

회의실어 사전

[해석]

있어 + bility [있어빌리티]: 아무튼 있어 보이는

마무리 + ism [마무리즘]: 아무튼 더 좋은 마무리

확산 + able [확산어블]: 아무튼 확산이 더 되는

카피라이터의 일 1

셀프 치료

이야~ 눈 진짜 많이 오네.

이거다 집에 못 가는 거 아니야? ㅋㅋ

아 맞다. 눈 안 와도
집에 못 가지…….

집에 못 가

어떻게 벌어 어떻게 낸 월센데
정작 나는 회사에서 먹고사는구나.

안 돼, 안 바꿔줘. 바꿀 생각 없어. 빨리 돌아가.

우리에게 집이란?

① 옷장
② 신발장
③ 정류장
④ 가지 마
⑤ 어딜 가
⑥ 안 돼
⑦ 보내줄 생각 없어
⑧ 자리로 돌아가

여기까지 어떻게 왔는데…….
1차제안
2차제안
3차 제안
최종 보고
돌아가시오
-없던일로-

처음으로
되돌아가시오

그렇게 바쁜 일정을 주더니
한동안 연락이 없다가
잊을 때쯤 전화 한 통으로
모두 없던 일이 되어버리는 경우.
의미 없어져 버린 수십 개의 아이디어와
싸우고 헤어지고 깨져버린 관계들은
어디서 보상받아야 할까.

여기까지 어떻게 왔는데~♬
얼쑤~

음……. 한창 놀 나이 43세…….
제발 집에 가요.

여기까지
어떻게 왔는데

어디서 보상받냐고?
바로 여기서.

이 드라마 끝나고 나온댔지?
응, 우리 딸이 만든 광고.

힘이
된다

항상 피곤함에 찌들어 있었고,
연락 오는 친구들은 몇 남지 않았고,
가끔 주말까지 포기해야 했던 날도 있었지만,
내가 작업한 광고를 항상 1등으로 평가해주는 부모님과
어디에선가 잘 보고 있다고 말해주는 친구들이 있다.
내 힘은 그들로부터 나온다.

컨펌 났어요

짜릿한 순간입니다.

광고회사 분투기
이제부터가
진짜 시작이다

지금 하는 카피라이터라는 일은 고등학생 때 만들어진 꿈이었다. 작은 도시에 살던 나에게 TV에 나오는 광고를 만드는 일은 자연스럽게 엄청난 선망의 대상이 되었고, 곧바로 장래희망으로 이어졌다.

하지만 광고회사에 입사를 하고 수년간 직장생활을 해보니, (온 세상 직장인이 다 아는 것처럼) 상상과 현실의 갭은 상당히 컸다. 화려한 모습은 아주 일부분이고 대부분의 일과는 엎어지거나, 취소되거나, 결국 사라져서 다시 해야 하는 일로 채워져 있었다. 그밖에 수많은 이해관계와 변수까지 곁에 바짝 붙어 있었고 비상식적이고 무의미한 일들은 일상과 같았다.

입사라는 큰 산을 넘고 난 후에는 절망적인 일이 찾아오더라도 처음 가졌던 그 설렘의 에너지로 버틸 수 있었다. 하지만 그다음은 대체 무엇으로 버텨야 할까? 하고 싶어서 시작한 일을 재미있게 오래 하고 싶은데, 그걸 방해하는 외부의 사람도, 내부의 적도 너무 많다. 어쩔 수 없는 일이라며 현실에 순응하고 스트레스를 100% 그대로 받아들이기는 싫었다. 하지만 회사와 선임을 상대로 싸울 수도 없는 노릇인데……. 우리는 어떻게 해야 자기 일을 수십 년 해나갈 수 있는 걸까?

한동안 난 이런 고민으로 '어떻게 해야 할까?' '어떡하지?'라는 질문을 부여잡고 살았다. '어떻게'라고 시작한 질문으로 계속 '답'만 찾으려 하니 막막했다. 아니, 답을 찾을 수 있는지보다 일단 답이 있기는 한 건지도 모를 일이었다. 문득, 어쩌면 답을 찾는 것보다 계속 고민하는 태도가 필요한 건 아닐까라는 생각이 들었다. 그러자, 좋아서 시작한 일을 긴 시간, 좋은 환경에서 해나가기 위한 수많은 질문이 생겨나기 시작했다.

"혹시 가끔이라도 비정상적인 일을 정상이라고 받아들이고 있는 건 아닐까?"
"나도 모르게 잘못된 생각을 후배에게 물려주고 있는 건 아닐까?"
"10년 뒤에도 잘못된 일과 옳은 일을 구분할 수 있을까?"

나를 지키기 위한 수많은 질문을 안고 시작하는 광고회사 분투기. 이제부터가 진짜다.

2부

내가 광고회사
힘들다 그랬잖아

촬영 준비부터
후반 작업까지

일	월	화	수
22	23	24	25
		감독 OT	
29	30	31	1
	대행사 PPM (감독: 이렇게 촬영할 거예요.)	PPM 수정 중 (이거 수정해줘, 저거 수정해줘.)	광고주 PPM (감독 · 대행사: 이렇게 촬영할 것임.)
5	6	7	8
NTC (감독: 색 맞추자. NTC: 네.)	2D 작업 (감독: 자막 얹어보자. 2D실: 네.)	후	반

확정된 아이디어는 광고회사를 떠나 감독에게 간다. 디테일한 촬영 기법이나 비주얼 아이디어가 더해진 감독의 트리트먼트를 협의하고 PPM을 준비하는 단계를 거친다.

PPM은 Pre-Production Meeting의 약자로, 모델의 헤어, 메이크업, 입는 옷, 포즈와 촬영 소품, 세트 형태, 찍을 컷 등 촬영에 필요한 모든 것을 정하는 철저한 사전 작업이다.

목	금	토
26	27	28
	감독 트리트먼트	
2	3	4
(이거 수정해줘, 저거 수정해줘.)	촬영 (응, 밤샘^^;)	편집
9	10	11
작	업	아직 멀었어요….

* 상기 스케줄은 상황에 따라 변동될 수 있습니다.

연예인 촬영의 경우, 시간이 한정적이기 때문에 비교적 빨리 끝나지만, 그렇지 않은 경우 타임 테이블이 의미 없을 정도로 지체되기도 한다. (나는 27시간 촬영까지 해봤습니다.)

아이디어는 결정됐고

이제 찍으면 된다!

촬영
준비 시작

내 이름은 고난, 확정이죠.

나는 제작팀이 지금 어디에 있는지 모른다.

하지만 너를 반드시 찾아낼 것이다.

찾아내서, 온 에어 일정을 전달할 것이다.

I will find you

AND I WILL 피드백 YOU.

모르는 놈, 아는 놈, 고통받는 놈

이 업계는, 모르는 놈이 무서워.

근데 아는 놈이 더할 때도 있어.

수정
시안

끊임없는 요구

막아보려 했지만….

〈가이드라인〉

1. 알아서
2. 예쁘게
3. 잘
4. 한방에 컨펌나게
5. 붉은빛 도는 파란 느낌
6. 검은색인데 밝은 느낌
7. 여백이 있지만 꽉 찬 느낌

웹사이트 5건 / 옥외광고 15건 / 시안 30건

해주세요 1
(영원히 고통받는 아트디렉터)

꽉 차 보이지만 여백의 미가 느껴지게
화려하고 웅장하지만 미니멀한 비주얼?
유아틱한데 엘레강스한 느낌!
클래식하지만 프레시한 톤앤매너
음… 도시적인 세련미를 가미한 농촌 느낌이랄까?
기존 아이덴티티를 지키면서 완전 새롭게요.
붉은빛 도는 파란색이라고 하시면 아시려나?
블랙인데 밝은 느낌 있잖아요. 킨포크 같은…….
흐릿한 느낌으로 선명하게 부탁드려요.
일단 해서 보여주세요. 보고 판단하죠.

<가이드라인>

1. 우와! 소리 나오게 만드는 카피
2. 대박! 소리 절로 나오는 커피
3. 한 줄로 딱!! 캬~
4. 기
5. 대
6. 할
7. 게
8. 요

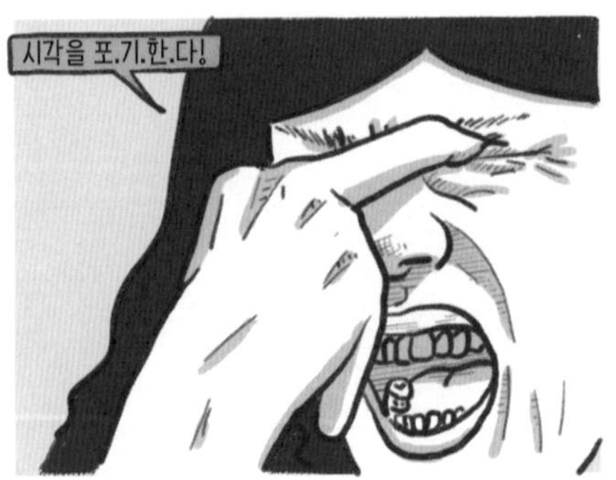

해주세요 2
(영원히 고통받는 카피라이터)

우리 제품의 16가지 기능을 심플하게 넣어주세요.
세상에 없던 말을 만들어주세요. 왜 그 쓱- 같은 거요.
조금 더 감동이 있는, 울림이 있는 한마디가 필요해요.
그런데 제한 시간은 15초예요. 아시죠?

0709 수정
덮을데이터
데이터교체
리터칭수정사항
재수정0704
재수정0704_2
재수정0705
재수정0709
재수정0709_2

수정 사항이 오는 이유

① 약간 마음에 안 들어서

② 아마 대표님 마음에 안 들 것 같아서

③ 왠지 한 번 더 수정해야 일한 것 같아서

④ 오늘이 금요일이라서

⑤ 비도 오고 그래서

웃지 마.
너 얘기야.

꿀팁

금요일 저녁 6시
광고주 피드백이 왔는데,
월요일 오전까지
수정해 달라는 요청이었고,
백만 년 만의 약속 자리에는
또 못 나가게 되었고,
장례식장 같은 팀 분위기 속에서
너무 힘들고 스트레스를 받을 땐,
그래도 아직 난 배울 때이고
지금 당장은 힘들지만
이 모든 것들이
내 포트폴리오가 된다고 생각하면
훨씬 똑같이 힘들다.

무한 대기 인간

1시간 후

아, 저녁 드시러 나가셨는데
휴대폰을 두고 가셨네요.

저녁을 해외로 먹으러 갔나…….

ㅋ
ㅋ
ㅋ
ㅋ
ㅋ
ㅋ
ㅋ
ㅋ
퇴근하셨다네요.

너네 시간은 귀하고
내 시간은 시간도 아니냐?

나는 지금 피드백이라는 폭풍의 한가운데에 있다

급하면 일찍 준비하고, 의견은 한꺼번에 모아서 주고, 필요한 건 미리미리 말해주며 일했다면 의미 없는 과정이 조금이라도 줄었을까. 회사에서 일어나는 일 중 가장 힘든 일은, 의미 없는 피드백이 광고주와 광고회사 사이를 핑퐁 하는 순간을 지켜보는 일이다. 물론 지켜보기만 하는 건 아니다. 뒤따라오는 업무와 함께 스트레스와 상처도 쌓여간다.

최종 결정권자 이전에 실무자가 있고, 실무자는 광고회사 AE와 소통한다. 또한 AE는 제작팀과 일을 하고, 제작팀이 회사 외부의 프로덕션 감독과 일을 시작하면, 감독은 수많은 촬영 스태프, 편집, 녹음, 2D 회사들과 일을 한다. 이 지독한 먹이사슬과 같은 연결고리는, 비유하자면 최종 결정권자가 밧줄을 잡고 서 있고, 그의 밧줄을 일렬로 서서 순서대로 잡고 있는 상황과 같다.

만약 최종 결정권자가 쥐고 있는 줄을 흔든다면, 수많은 사람이 영향을 받는다. 당연히 멀리 있을수록 더 큰 반동으로 더 세게 출렁일 것이다. 최종 결정권자의 변심은, 그와 함께 일하는 실무자를 고민에 빠지게 만든다. 실무자가 광고회사 AE에게 그 고민을 전달하면 AE는 제작팀과 고민을 나누고, 제작팀의 고민은 감독님에게 전달되고, 후반작업 업체는 다시 작업의 늪에 들어간다. 이렇게 한 결정권자의 파급력은 수십 명의 밤을 또 빼앗아간다.

가끔은 한두 명의 변심으로 인해 이렇게 많은 사람이 고생을 해야 하나 싶어, 현타가 올 때도 있다. 누가 이 상황을 바꿀 수 있냐고 묻는다면, 그렇지 못한 일이라 대답할 수밖에 없다. 그저 우리는 파도가 치듯 또 왔구나 하며 받아들이게 된다. 그렇게라도 생각하지 않으면 버틸 수 없기 때문에.

이런 과정을 온몸으로 느낀 후에는 다른 광고를 평가하는 일이 찾아왔을 때, 한번은 주춤하게 된다. 물론 내 기준으로 잘 만든 광고, 못 만든 광고는 존재한다. 하지만 만드는 입장에서 광고를 보면, 수많은 과정을 모두 견뎌 온에어를 한다는 것, 그 자체만으로도 대단하다는 생각이 절로 든다.

과정이 어찌 됐든 프로들은 결국 광고주가 마음에 드는 카피를 써내고, 제품을 가장 매력적으로 보여줄 수 있는 비주얼을 만들어내고, 멋있게 찍어낸다. 아무튼 결승선까지 가고야 마는 것이다.

경험해보니 그것만으로도 충분히 엄청난 일이라 느껴진다. 지금도 전국 어딘가의 사무실에서 각자의 역할을 해내고 결국 그 일을 완성한 모든 직장인에게 존중의 박수를 보내고 싶다.

우리에겐 슬퍼할 시간도 없다

부장님, 울지마…….
고마워.

2019년 상반기
OT 브리프

다다
다
다
이 자식아!

대리가 원하는 초능력

가만히 있어도
고민하는 얼굴

원할 때
아플 수 있음

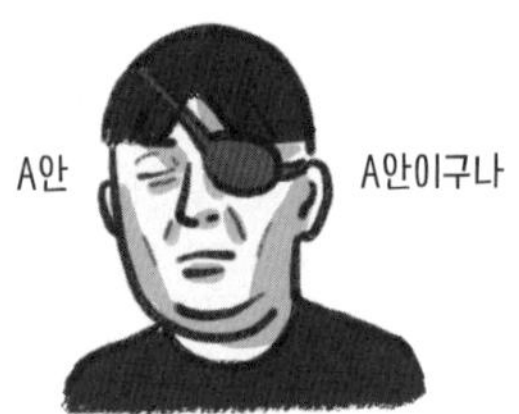

팀장님의
마음 읽기 가능

상사의 아이디어에
진심으로 좋아하는 얼굴

강철 멘탈

투명인간 스킬

소년이여,
강철 멘탈이 되어라

가끔, 이유 없이 화내는 선배를 만난다면
본인 탓이라고 생각하지 말자.

그저 화가 나 있던 중에
당신이 나타난 것뿐이다.

카피라이터의 일 2

카피 피드백 메일
우리 회사의 철학
회장님의 말씀
브랜드 목표
제품 특징
이 모든 사항을 다 담으면서
길지 않았으면 좋겠네요
*15초 소재입니다

빠른 포기

네, 과장님. 출고 스케줄에는 이상 없습니다.
시사는 화요일 3시쯤 어떠신가요?
네, 확인하고 연락해주세요.

와… 방금 진짜 카리스마 넘쳤어.

그래도
괜찮은 순간 1

치킨 주문도 못 하던 나였는데
전화 업무가 놀랍도록 프로다워졌다.
나도 모르게 하고 있었다. 성장!

취미 생활이 뭐예요?

PM 7:30
뭐하지?!
뭐하지?!
뭐하지?!
뭐하지?!

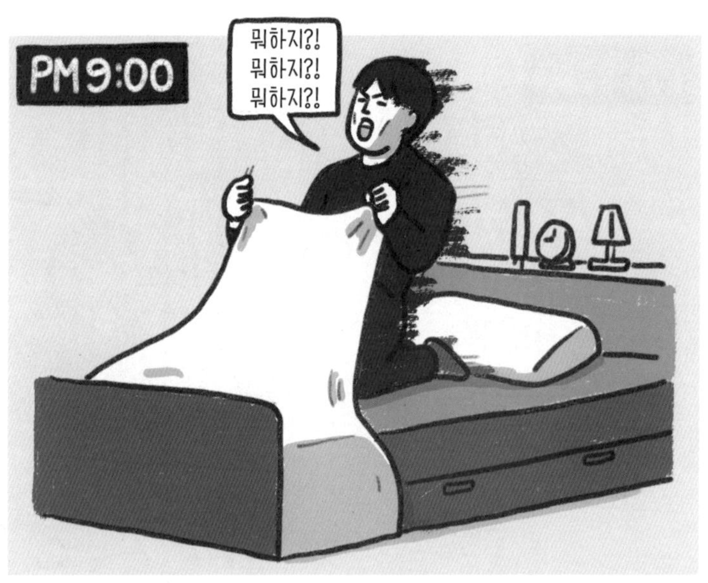
PM 9:00
뭐하지?!
뭐하지?!
뭐하지?!

제 취미 생활은 취미 생활 고민하다 잠드는 거요.

정신 승리 중

서울의 평화 2

강남에 있는 수십 개의 광고회사와
수백 개의 녹음실과 편집실이 6시 칼퇴를 한다면,
서울의 퇴근길은 엄청난 혼돈의 카오스가 왔을지도 모른다.
우리는 어쩌면 서울 퇴근길의 평화를 지키는
대단한 사명을 띠고 있는 게 아닐까? (아니다.)

좋아하는 일을
오래 하려면,

조금
덜 좋아하는 마음이
필요하다

직장을 다니는 사람은 두 종류의 '나'를 가지고 있다. 하나는 '회사에서의 나', 또 하나는 '회사 밖에서의 나'. 출근 후 우리는 회사 밖에서의 나를 잊고 일을 시작한다. 빡센 업무 후 회사에서 지친 몸으로 집에 돌아오면 그대로 잠들어 버리기 바쁘고 주말엔 쉬기 바쁘다. 회사에서의 나는 죽어가고 회사 밖에서의 나는 설 자리가 없어진다. 회사의 탓도 있고 나의 탓도 있다. 시킨 일도 많고, 잘하고 싶은 마음도 크기 때문이다. 덕분에 반쪽짜리 내가 되어가는 줄도 모르고 참 열심히 일한다.

나는 대학생 때부터 광고에 빠져 있었다. 광고가 너무 좋아 광고홍보학과를 선택했고, 대학생 시절 공모전에 수십 번 도전했다. 부끄럽지만 그때의 나는 광고 아니면 죽음을- 수준이었다. 입사 후에도 그런 마음가짐으로 몸이 닳도록 나를 갖다 바쳤다. 밤샘과 철야를 로망으로 여겼다. 그땐 그게 멋지다 생각했던 거다.

그 종교 같은 생활을 수년 반복하다 며칠 휴가를 얻은 날, '뭘 해야 하지?'라며 멀뚱멀뚱 서 있는 내 모습을 발견했다. 최근에 나온 광고를 묻는다면 섬네일만 보고도 브랜드와 제작한 광고회사를 맞힐 정도인데, 쉬는 시간이 주어졌을 땐 어떻게 쉬어야 할지도 모르는 똥 멍청이가 되어버린 것이다.

그제야 나는 아사 직전의 회사 밖에서의 나와 마주하게 되었다. 아사의 이유는 일을 열심히, 그것도 너무 지나치게 열심히 했기 때문이다. '나의 일을 이렇게 사랑하는 나'에 흠뻑 취해 있었다. 그게 참 바보 같은 일인 줄도 모르고… 번아웃은 그렇게 오는 것이다. 맹목적으로 달렸던 나의 몇 년은 모든 나를 하얗게 불태워버리는 결과로 돌아왔다.

우리가 가진 두 종류의 '나'는 서로에게 동기부여를 해주며 지탱하는 역할을 한다. 푹 쉬었고 잘 놀았기에 열심히 일할 수 있고, 열심히 일했기에 마음껏 놀고 쉴 수 있는 것이다. 그러니 좋아하는 일을 오래 하려면, 아이러니하게도 조금 덜 좋아하는 마음이 꼭 필요하다. 두 가지의 나 사이에서 적절한 밀당은 삶을 지탱할 근력을 만든다. 삶을 지탱할 근력은 결국 일을 오랫동안 즐겁게 할 수 있는 힘이 된다.

그러니 우리는 정기적으로 어떤 나에게 빚을 지고 있는지 생각해볼 필요가 있다.

너의
예산은

광고주한테 메일이 왔다!

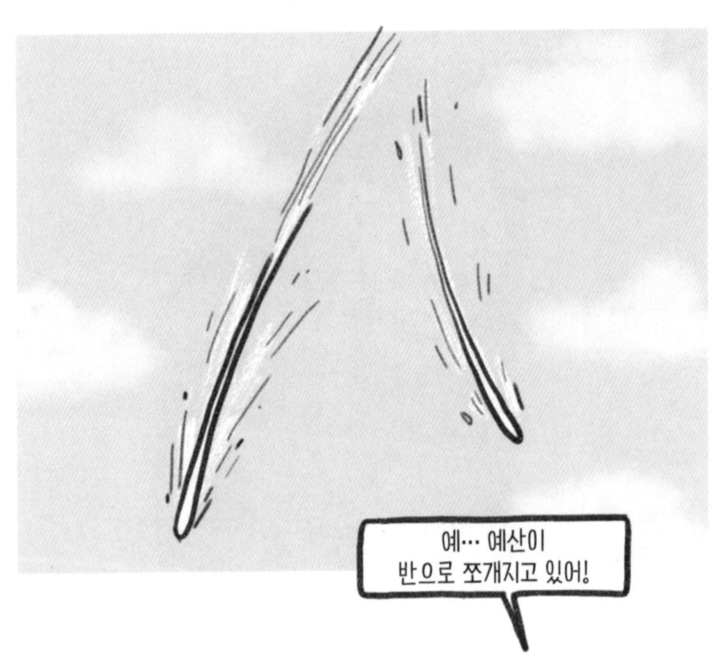
예… 예산이
반으로 쪼개지고 있어!

아직 만난 적 없는 예산을 지금도 찾고 있어.

* 좋은 예산이 좋은 광고를 만든다고 합니다. *

최종 컨펌

드디어 컨펌!
이제 촬영이다!

촬영 날 아침의
풍경입니다

몇 시간 촬영이라고?
27시간…?
남양주입니다…….

CD
안 쓸 건데 이거 하나만 찍어주세요, 피디님~

PD
다 좋은데 모델 멘트 몇 번 더 딸까요? 감독님~

감독
방금 거 오케이 쓸 건데 한 번만 더~

조감독

촬영을
합니다

오고 가는
대화 속에
피어나는
~~내리사랑~~
아니
내리 갑질.

미친… 귀여워….
흑..
흑..

힘들었던 나를
위로해주는 건

따뜻한 말 한마디 (×)

광고에 대한 열정 (×)

동기들의 힘내라는 손편지 (×)

스타벅스 기프티콘 (○)

고양이 짤 (○)

방탄 지민 직캠 (○)

CD님, 방금 읽었던 것 중에
세 번째 테이크가 좋은데요?
나도 같은 생각!

뿌 — 우 — 듯

그래도
괜찮은 순간 2

좋은 것을 알아보는 눈이 생겼다!
그동안의 뻘짓이
헛된 것이 아님을 확인받은 순간.

100%

금요일에 만나요
광고주

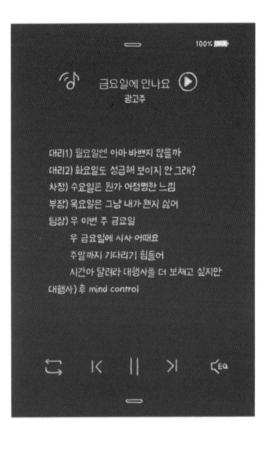

대리1) 월요일엔 아마 바쁘지 않을까
대리2) 화요일도 성급해 보이지 안 그래?
차장) 수요일은 뭔가 어정쩡한 느낌
부장) 목요일은 그냥 내가 왠지 싫어
팀장) 우 이번 주 금요일
우 금요일에 시사 어때요
주말까지 기다리기 힘들어
시간아 달려라 대행사를 더 보채고 싶지만
대행사) 후 mind control

금요일에 만나요
(내적 BGM 주의)

포스트) 1분 1초가 빠듯해…

부장) 이 A안 도대체 뭐야.
피드백 주지 않고는 못 배기겠어~ ♪

포스트 (Post Production)

편집실, 녹음실 등 촬영 이후 후반 작업을 하는 업체들

일주일 동안 나 뭐한 거……?

기승전
A안

주신 내용 잘 봤고요.

카피 수정해주시고

로고 위치 수정해주시고

모델 톤 수정해주시고

수정을 수정해주시고

수정을 또 해주시고 나서

그걸 또 수정해주시면 되는데…….

지금 보니

……

A안이 제일 나은 것 같네요.

우리의 내일은 우리가 바꾼다

"월급은 잘하는 일에 대한 보상이 아니라, 하기 싫은 일을 견디는 것에 대한 보상으로 받는 것 같아."

광고인을 꿈꾸던 대학생 때 읽었던 <서플리>라는 만화책 속 대사다. 어느 에피소드에서 광고주의 말도 안 되는 피드백과 무리한 일정으로 하루를 하얗게 불태운 주인공의 입에서 한숨과 함께 나온 말이다. 맞는 말인데 새삼 새롭다. 모든 일은 귀찮고 힘들고 상처받는 일을 하는 만큼을 월급으로 받는다.

괴로운 회사 생활은 이유도 다양하다. 일단 기본적인 업무가 힘들고, 안 그래도 힘든 나를 더 힘들게 만드는 사람들도 곳곳에 분포한다. 다른 세대인 선배들이 주는 압박도 힘들고, 그들이 만들어놓은 문화가 버거울 때도 있다. 그런 일들을 겪고 있으면, 이 힘듦이 바뀌지 않을 것 같다는 생각이 가장 힘들다.

그러니 회사 생활에서 괴로움은 기본값이다. "나는 일하는 게 왜 이렇게 괴롭지?"라는 건 회사 생활에 있어 밑바탕인 감정일 것이다. 오히려 가끔 찾아와주는 예상치 못한 보람과 성과가 보너스라 생각하는 것이 맞을지도 모르겠다.

하지만 기대할 만한 사실은 과거와 지금을 비교해보면 꽤 많은 것들이 달라져 있다는 것이다. 선배들은 5~6년 전만 해도 회의실에서 담배를 피우는 것은 자연스러운 일이었다고 말한다. 그리고 직급이 곧 권력이 되는 일도, 회식 자리에 막내가 빠지면 큰일 나는 분위기였던 시절도 그리 오래전 일이 아니라고 한다. 지금은 그렇게 행동하는 사람이 있다면 그 당사자는 배제되거나 도태되는 분위기가 기본값이 되어있지 않은가.

이건 아마 시대가 노력하고 나와 비슷한 생각을 하는 누군가가 조금씩 노력한 결과일 것이다. 누군가의 작은 힘이 모여 세상은 점차 바뀌고 있다. 그런 작은 희망이 있다는 사실만큼은 알아줬으면 좋겠다.

그래서 지금 내가 할 수 있는 일은 내가 경험한 나쁜 관습과 태도들을 기억했다가, 잊지 않고 반복하지 않는 것이다. 그것만으로도 분명히 바뀔 수 있다. 나의 자리에서 내가 할 수 있는 일을 하는 것. 이것들이 모여 분명 좋아질 거라 믿는다. 그리고 바뀔 거라 믿는다. 여전히 바뀌어야 하는 것들이 많지 않은가. 우리의 내일은 우리가 바꿀 수 있다.

3부

그래도
출근한다

후반 작업부터 온에어까지

일	월	화	수
22	23	24	25
	다듬기 작업	광고주 실무진 시사	(이거 수정, 저거 수정)
29	30	31	1
		온에어! (해방)	

이제 온에어가 코앞으로 다가왔다. 촬영 후 가장 좋은 컷을 골라 편집하고, 어울리는 배경 음악을 삽입하고, 성우 녹음을 하는 등 광고를 광고답게 만드는 작업이 시작된다.

목	금	토
26	27	28
광고주 최종 시사	컨펌! 예에!!	
다시… 새로운 OT COMING SOON		

* 상기 스케줄은 상황에 따라 변동될 수 있습니다.

광고주 시사 후, 또 수정에 수정을 거듭하고 난 뒤 컨펌이 나면, 온에어를 하게 된다. 이게 끝인 것 같지만 우리에겐 다음 프로젝트가 기다리고 있다.

CD님…….

"…ㅇㅇ"

1차 광고주 시사

세상에 믿을 사람 하나 없다.

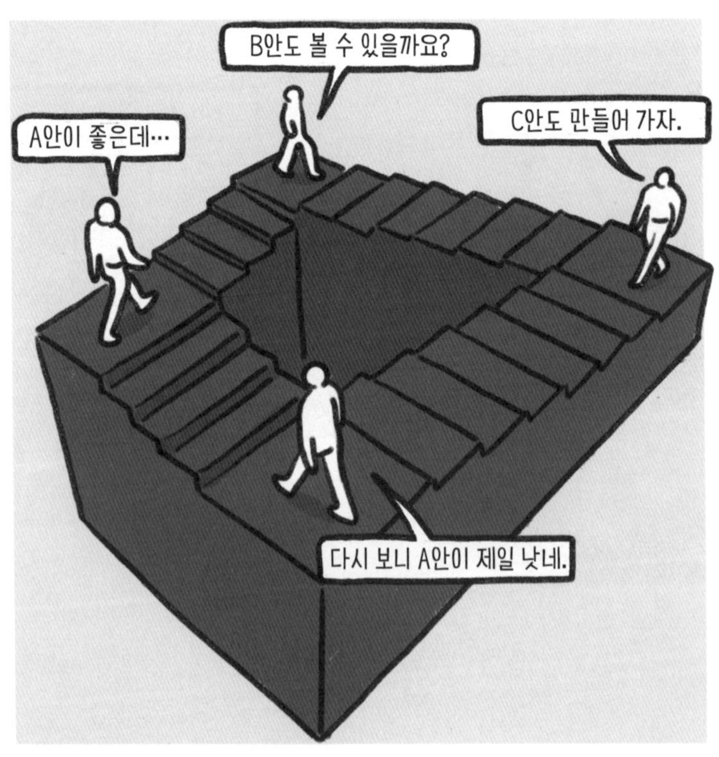
A안이 좋은데…
B안도 볼 수 있을까요?
C안도 만들어 가자.
다시 보니 A안이 제일 낫네.

시사
무한 루프

내가 했던 모든 작업은
결국 다시 A안이 답이란 걸
확인받기 위한 과정은 아니었을까…. (<서프라이즈> 톤)

갈아 갈아 광고판~
(부제: 좋은 광고 만들기 레시피)

Step 1

대행사 두 쪽,
감독 한 스푼,
조감독 열다섯 스푼을 준비한다.

Step 2

촬영 후,
포스트 마흔다섯
스푼을 넣는다.

Step 3

1차 시사 후 금요일에 피드백을 넘기고
월요일까지 달라는 주문을 넣어
한 번 더 격렬하게 갈아준다.

Step 4

좋은 광고 완성~!

좋은 광고는 좋은 예산과 적절한 스케줄이 만듭니다.

광고회사 놈들이랑 친구 안 해

아, 그때 시간이 될지 모르겠네…….
아들~ 이번 주에는 내려와?

아, 그때 시간이 될지 모르겠네…….
너 내일 가야 해.

젠장.

새벽 3시
내가 바란 깨어 있는 삶은
이 시간에 깨어 있는 게 아니었는데…….

깨어 있는 삶

꿈, 열정, 희망
여기에 잠들다.

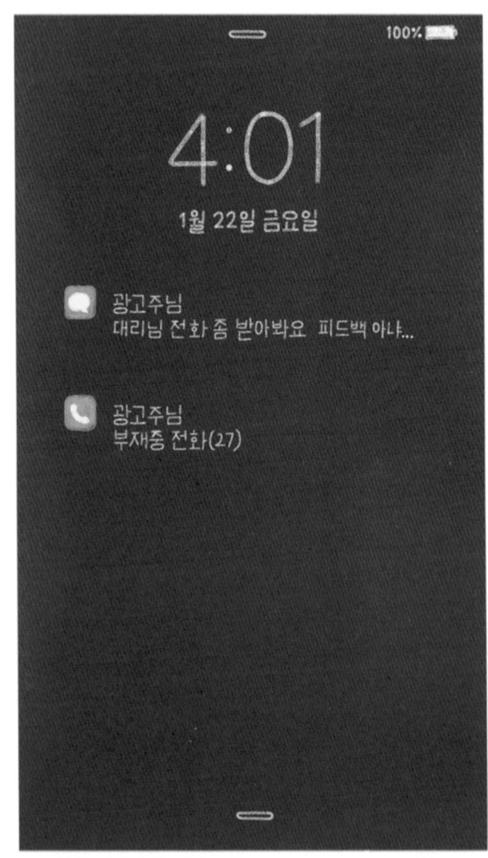
100%
4:01
1월 22일 금요일
광고주님
대리님 전화 좀 받아봐요 피드백 아냐...
광고주님
부재중 전화(27)

히익
그럼 뭔데

나) 피드백 아냐? 그럼 뭔데

광고주) 그냥 다시 찍어줘….

화~~~하고
쏴~~~~한 느낌, 아시죠?
훽! 하고 뙇! 하는
효과 있잖아요.

이렇게
해줍시다

화~한 느낌: 밝기를 올려주고

땋! 하는 효과: 폰트를 키워줍시다.

ADjoa. 20-02-20 11:33
와, 광고 잘 뽑았다!
이거 만든 사람 월급 올려줘야 된다!

하아… 이놈의 인기…….

그래도
괜찮은 순간 3

누군가가

나의 일을 인정해줬다.

나의 존재를 확인받는 순간.

그 일정이 말이 된다고 생각하세요?

아삽ASAP 인생

안 되는 일정에 무리해서
빨리 보내면 꼭 이런다?

?) 되네?

나) ?

?) 또 해줘요.

나) ?

팀장님 저 약속이 있어요.
무슨 약속?

퇴근시켜줘요
약속이 있단 말이에요

6시에 퇴근하기로 나 자신과 약속함.

맞춤법 봐…….
자막 누가 쓴 거야????
야, 저거 PPL이다!!!!!
저 폰트 뭐냐????
방금 나온 매체
2천만 원짜리임!!!!!

우리들의 직업병

누끼 잘못 딴 광고를 보면 마음이 찢어지고
로고가 잘린 광고를 보면 내가 섬뜩하고
어쩌다가 예쁜 폰트 보면 뭔지 궁금하고
드라마 PPL을 기가 막히게 알아차리면서
보이는 매체들이 모두 돈으로 보인다면. (도망쳐.)

누끼 이미지의 외곽선을 딴다는 의미
PPL(Product Placement) 광고 협찬을 대가로 드라마나 영화에 해당 기업의 브랜드나 상품을 자연스럽게 노출하는 것

아이디어
변비
아 나 저 새끼
고혈압
남의 캠페인
배아파

병을 달고 삽니다

이렇게 된 이상

목표는 자연사다.

어떻게 다 훌륭해

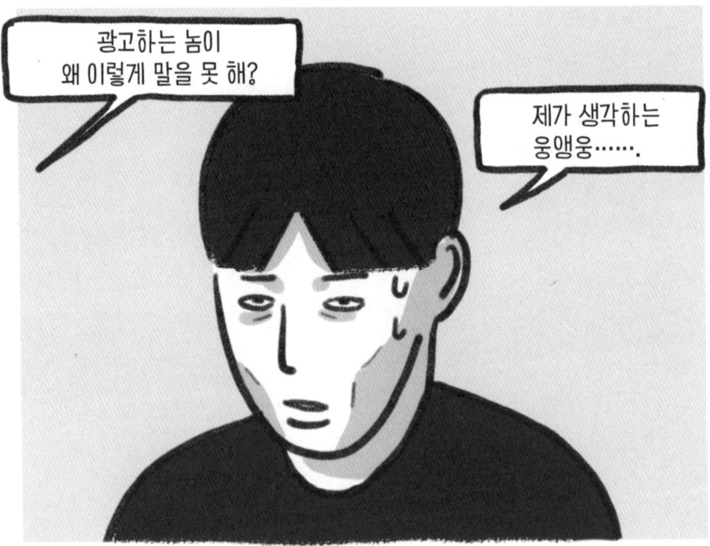

선배님 ㅠㅠ
얌마! 그럴 수 있어.
난 발표하다 토했잖아. 하핫^^

세상엔, 프레젠테이션 스킬이 화려한 사람도 있고
묵묵히 의견을 던지는 사람도 있고
조용히 다른 사람을 빛내주는 사람도 있다.
그렇게 서로의 장점으로 서로를 지지해주는 것이
팀이 아닐까 생각한다.

훔친듯이 달려

6시네. 퇴근해야겠네~
능청
능청

선배, 감사해요.
6시 정각이 되면!
뭔가 훔친 놈처럼 달려.

퇴근은 원래 도망치듯 하는 거다.
안 그러면 일에 잡혀 살게 된다.
나처럼 되지 말란 소리야.

서로의 빈자리를
아무것도 아니게 해주는 일,
그걸 돌아가며
아무렇지 않은 얼굴로 버텨주는 일

내가 처음 입사했던 회사는 디지털 기반의 회사라 직원들은 모두 젊었고 팀 구성원도 소규모였다. 신입 사원인 나와, 일한 지 15년이 넘은 CD님. 이렇게 단 두 명이 한 팀이었다.

작고 젊은 회사답게 빠르게 성장했지만 그만큼 신입인 나에게는 버겁고 무서운 일투성이였다. 감당할 수 없는 일들이 계속해서 쏟아지는 곳에서 팀원은 나뿐이었으니 모든 일 대부분을 혼자 고민해야 했다.

아이디어 회의 때도 마찬가지였다. '내가 해내지 않으면 이 회의는 끝나지 않는다'라는 마음으로 고민했다. 그렇기 때문에 오후 10시 전에 집에 갈 수 없었고 원래 예민한 성격은 더 예민해지게 되었다. 나의 빈자리를 대신해줄 사람이 없었기에 모든 걱정을 혼자 짊어지는 건 당연한 일상이었다.

3년 후 나는 첫 회사를 떠나 다른 회사로 옮기게 되었다. 그곳은 규모가 큰 회사였고 팀 구성은 다양한 직급이 적절하게 섞여 안정적이었다. 하지만 나는 전 회사의 습관이 남아있었기 때문에 회의 시간을 잡는 것에도, 법인카드를 챙기는 것에도, 녹음실 주소를 확인하는 것에도 온 신경이 곤두서 있었다. 내가 정확히 챙기지 않으면 큰일이 난다는 생각뿐이었다.

어느 날 선배가 나를 불러내 말했다.

"왜 이렇게 부담을 가져? 혼자 일하는 것처럼."

그렇다. 나에게는 선배와 팀원이 있었다. 그런데도 건방진 생각으로 나 혼자 모든 책임을 짊어지려 했던 것이다. 일은 결코 혼자 하는 게 아닌데.

"네가 없으면 내가 있어. 네가 못 챙기면 내가 챙기고."

나는 그날 선배에게 힘들 땐 팀원에게 SOS를 보낼 줄도 알아야 한다는 것을 배웠다. 그리고 도움을 요청하는 건, 단순한 SOS가 아니라 서로를 위하는 일이라는 것도 깨달았다.

팀원의 어려움을 알고 내가 빈틈을 채워주면, 그 혜택을 나도 받는다. 바쁠 때 휴가 가는 사람에게 눈치를 주지 않으면 바쁜 시기에 내가 휴가를 떠나더라도 눈치받지 않을 수 있다. 누군가의 가족이 갑자기 아파서 병원을 가야 할 일이 생긴다면, 그때도 마찬가지다. 내 가족에게도 생각지 못한 일이 있을 수 있고, 그럴 때 나는 미련 없이 일을 놓고 가족에게 달려갈 수 있다.

서로의 빈자리를 아무것도 아니게 해주는 일, 그걸 돌아가며 아무렇지 않은 얼굴로 버텨주는 일. 그것이 팀이 존재하는 이유 아닐까. 그러니 힘들 땐 기댈 줄도 알아야 한다. 누군가를 돕는 일이 아닌 팀의 당연한 역할이다. 혼자서 짊어지고 멋있어질 수 있는 건 할리우드 영화 속 주인공으로 충분하다. (그 사람은 영화 하나 찍고 30억 받고 그러니까 하는 거지. 우리는…)

그러니 우리는 아무렇지 않은 얼굴로 동료의 일을 덜어줄 필요가 있다. 그 동료가 가여워서가 아니라 마땅한 너와 나의 권리를 위해서.

으 - 쓰 - 윽

그래도
괜찮은 순간 4

까마득하게 느껴졌던 목표가
눈앞의 현실이 되었을 때
우리의 노력이 먹혔을 때
이 뽕에 일하지.

원래 그렇다니까.

원래 그렇게 하는 게 맞는 거야. 나 신입 때도 그렇게 했다고.

선배들한테 안 들었어? 원래 이렇게 힘든 직업인 거.

원래 이렇게 힘든 거 모르고 들어왔어?

원래 … 원래 …

이 일이 원래 힘들어.

원래 그렇다니까. 원래 다 이렇게 만들어.

우리는 원래 야근 많이 하는 직업이야.

원래 PT 땐, 약속 잡는 거 아니야. 몰라?

'원래 그래'는 없다

'원래 그래'라는 말은 남의 인생을 갉아먹는 말이자
자신의 인생도 갉아먹는 말임을 잊지 말자.

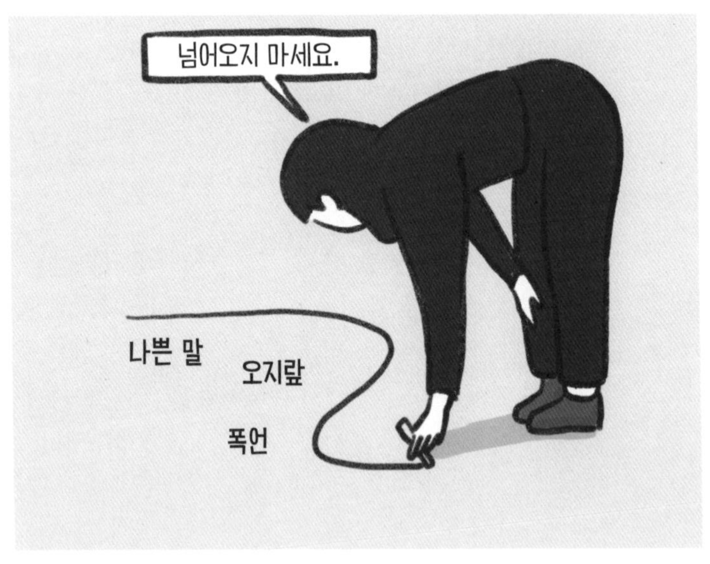
넘어오지 마세요.
나쁜 말
오지랖
폭언

선을 긋는 건
나쁜 게 아니다

아무리 나를 성장시켜 준 선배라 해도
아무리 피를 나눈 듯한 최고의 팀이라 해도
나와의 관계에서 해선 안 될 것들이 분명히 있다.
선 긋기는 나와 남을 지키는 일종의 서로 간의 안전거리다.

팀장님, 너무 힘듭니다!
그래서? 못 하겠다고?

와하하!
제가 무릎을 꿇었던 건
추진력을 얻기
위함이었습니다!

열심히 하지 않는 날도 필요하다

열심히 하지 않는 날은
열심히 할 날을 위해 꼭 필요하다.

혜헷
ㅋ
ㅋ
ㅋㅋ
ㅋ
지난
경쟁
해외
만든이정보
더보기▼
• 광고주
• 광고주(담당자)
• 대행사
김 막내
• 제작사
• 모델
• BGM
• 촬영지
• CD
• AE
• PD
• CW
• 아트디렉터

그래도
괜찮은 순간 5

캠페인을 마무리하고 남는 건
크레딧 어딘가에 적힌 내 이름 하나.

나도 같이 만들었다는 작은 뿌듯함 하나로
또 6개월을 먹고사는 존재.

각자의 자리에서 우리는 얼마나 열심인지

광고 캠페인을 하나 마무리하고 나면 대부분의 영상은 TV-CF라는 아카이빙 홈페이지에 업로드된다. 그리고 광고 아래에는 만든 사람들의 이름이 함께 기록된다.

'광고주는 이 사람들이고, 광고회사는 어디이고, 카피는 이 친구가 썼고, 감독은 이분이고, 녹음과 편집은 여기였구나….'

그곳 어딘가 작게 적혀 있는 내 이름을 발견했을 땐 카피라이터임에도 도저히 말과 글로는 설명 못 할 벅찬 감정을 느끼게 된다. 나의 명함, 내 이름 옆에 사회적으로 부여받은 역할을 어떻게든 해내고 있다는 것을 확인받는 아주 짜릿한 순간이다. 그 뿌듯한 몇 초가 있기 때문에 나는 다음을 준비하고 나아갈 수 있는지도 모른다.

광고회사에 다닌 이후 영화를 보고 나서 크레딧을 유심히 보게 된다. '행인 1'은 저 사람이었고, 전화기 속 목소리는 저 연기자가 했구나, 아까 '진상 부리는 아줌마'는 저런 이름을 가진 배우였고… 아, 이 영화는 외국 애니메이션인데도 한국 스태프가 정말 많이 참여했구나. 아름다웠던 그 장소는 어느 지역에서 도움을 준 덕분이고, 아직도 귀에 맴도는 그 장면의 음악은 이 음악 감독이 만들었구나, 하고 한 번 더 살피게 된다.

한 편의 광고를 만드는 일에는 수십 명에서 많게는 100명 넘는 인원이 필요하다. 그 속에서 나는 카피라이터의 일을, 모델은 모델의 일을, 감독은 감독의 일을 묵묵히 해나간다. 각자의 분야에서 그 일을 가장 잘하는 사람들 수십 명이 모여 최고의 결과물 한 편을 만들어내는 것이다.

비록 머리에 쥐 나는 아이디어 회의와 끝없고 허무한 피드백의 과정은 힘들었고 (아마) 앞으로도 그럴 테지만, 각자의 자리에서 우리는 얼마나 멋진 일을 하는지 이 사실을 찐하게 기억했으면 한다.

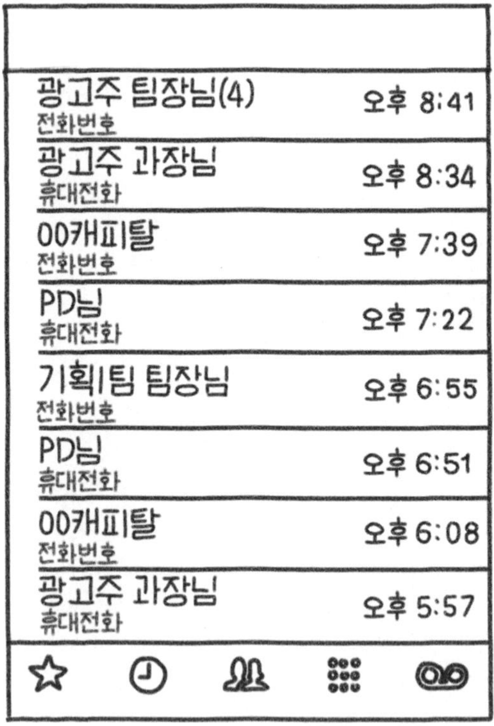

광고주 팀장님(4) 전화번호	오후 8:41
광고주 과장님 휴대전화	오후 8:34
00캐피탈 전화번호	오후 7:39
PD님 휴대전화	오후 7:22
기획1팀 팀장님 전화번호	오후 6:55
PD님 휴대전화	오후 6:51
00캐피탈 전화번호	오후 6:08
광고주 과장님 휴대전화	오후 5:57

최근 통화 목록을 일로 꽉 채운 날에는

가족과

친구와

배달의 민족으로

밀어내버렷!

오늘은
영업 종료했어요.

조금만 대충 살자

처음엔 광고라는 일이 너무 좋았다.
수많은 밤과 여가를 포기할 정도로.
이 일을 시작한 친구들 대부분이 그랬다.

하지만 야근과 주말 출근이
나의 일상을 망가뜨렸고
나는 점점 지쳐갔다.

함께 시작했던 동료는 병이 생겼고,
몇몇은 빠른 속도로 업계를 떠나갔다.

나를 지탱할 에너지를 남겨두지 않고
미련하게 모두 쏟았기 때문이다.

우리는 무너지지 않기 위해
조금 대충 살 필요가 있다.

헤헷
ㅋ
ㅋ
ㅋㅋㅋ

그래도 괜찮은 순간이 있었기 때문에

오늘도 힘든 하루를 보낸 우리에겐
자세히 보면 그래도 괜찮은 순간이 몇 번씩 일어나고 있다.
나만 눈치챘거나, 티조차 나지 않는
아주 작은 성장의 순간일 테지만
그것은 나를 지탱해주는 아주 소중한 순간이다.

그럴 때마다 이런 작은 순간들을 잊지 않고 모아 둘 필요가 있다.
회사에 다니는 모두에겐 필연적으로 힘든 시간이 오고
이런 순간에서 받은 힘으로 살아가기 때문이다.

퇴사에 박수를 보내는 시대에 계속 일을 한다는 것은

회사를 떠나는 사람들을 보며 우리는 부러움과 대리만족의 카타르시스로 박수를 보낸다. 직장인은 늘 왼쪽 주머니에 사직서를 품고 출근한다지만, 힘들게 입사한 회사를 놓아버리는 건 사실 현실적으로 쉽지 않다.

수많은 문제 앞에서 버티고 버티다 도망가버리고 싶을 때가 하루에도 열두 번 넘게 찾아오지만, 어디론가 도망간다고 사라지는 문제가 아니라는 것을 우리는 안다. 퇴사에 박수를 보내는 시대에 계속 일을 한다는 것은 어쩌면 묵묵히 자리를 이어나가는 사람들을 다소 힘들게 만드는 분위기일지도 모르겠다.

오늘도 꾸역꾸역 하루를 살아내고 멋들어진 명분 하나 찾지 못해도, 우리는 사회로부터 이름과 일을 부여받았고 오늘도 묵묵히 해낸다. 퇴사에 박수를 보내는 시대에 회사 안에서 묵묵히 일을 하는 걸 왜 멋지거나 특별하지 않다고 생각하는지 모르겠다.

퇴사를 하는 것이 용기라면, 묵묵히 해나가는 것도 용기다. 퇴사에 실패한 것이 아니라 내일을 이어나가는 데 성공한 것이다. 오늘에서 내일로, 내일에서 그 내일로 꾸준히 이어나가는 삶을 사는 우리는 생각보다 대단한 일을 하고 있는데, 정작 그 사실을 우리만 모른다.

좋은 패스는
달리는 사람에게로 날아온다

앞으로도 이기는 PT보다 지는 PT가 더 많겠지.
아무리 노력해도 늘 비슷한 월급이겠지.

죽어라 해도 티나지 않는 날의 연속이라 해도,
늘 하던 대로 꾸준히 달리다 보면,
좋은 날은 조금이라도 자주 찾아오겠지.

좋은 패스는 분명, 달리는 사람에게로 날아오니까.

돈은 벌어야 하고 꿈도 이뤄야 한다 정말 바쁜 인생이 아닐 수 없다

우린 오늘도 힘들고 지친 하루를 보냈다. 그리고 내일 또 출근해야 한다. 싫다고 그만두기엔 응석 부릴 수 있는 학생 신분을 벗어난 지도 다들 꽤 지났을 테고 다들 자신의 인생을, 혹은 누군가의 인생까지 책임져야 하는 직장인이 되었다.

애석하지만 손쉽게 얻을 수 있는 행복은 없고, 신은 성장과 고통을 늘 세트로 주신다. 그나마 덜 억울한 점은, 고통으로 배운 경험은 온전하게 내 것이 된다는 사실 정도일 거다. 하여튼 세상은 그냥 주는 법이 없다. 억울하지만 어쩌겠나 우리는 신이 아닌데.

고통에서 얻은 것은, 신입 사원은 처음 가졌던 마음을 무기로, 4년 차 대리라면 닮고 싶은 선배를 목표로, 혹은 되고 싶지 않은 누군가를 반면교사로, 일한 지 오래되었다면 그동안의 경험과 축적된 데이터베이스를 써먹는 것이다. 욕심만큼 잘하고 싶고, 이상만큼 행복한 삶을 만들 수 있는 무기는 이미 우리가 받은 고통만큼 쌓여 있으니까.

"좋은 패스는 달리는 사람에게 날아간다."

내가 좋아하는 외국 구직 사이트의 카피다. 오늘도 무거운 마음으로 출근하는 우리 모두에게 전하고 싶은 말이다. 도망가라, 벗어나라, 그만두라는 말보다 우리에게 필요한 말일지도 모르겠다. 우리는 내일도 오늘을 이어나갈 예정이기 때문에.

그러니 좋은 패스는 오늘도 달리는 나에게, 그리고 언젠가 당신에게 꼭 날아갈 거라 믿는다.

네? 신규 건이요?
언제까지요?
아…

만든 사람
ending credit

크리에이티브 디렉터

아트디렉터

카피라이터

기획자

매체 담당자

광고주

광고 모델

헤어&메이크업 스태프

의상/아트 담당 스태프

감독

조감독1

조감독2

촬영 감독

조명 감독

동시녹음 스태프

촬영 스태프 1

촬영 스태프 2

…

촬영 스태프10

크리에이티브 디렉터

아트디렉터

카피라이터

기획자

매체 담당자

광고주

광고 모델

헤어&메이크업 스태프

의상/아트 담당 스태프

감독

조감독 1

조감독 2

촬영 감독

조명 감독

동시녹음 스태프

촬영 스태프 1

...

촬영 스태프 10

녹음실 스태프

오디오 PD

편집실 스태프

2D실 스태프

최고의 결과물을 만들기 위해

오늘도 잠 못 이루는 모든 분

힘내세요.

에필로그

답을 찾는 것보다 계속 고민하는 일이 중요하다고

오하

2020년 나는 7년 차 차장이 되었다. 햇수로 보면 '벌써' 7년 같지만 마음가짐으로 보면 '아직' 두려운 것 많은 흔한 직장인이다.

7년 차에게는 7년 차만큼의 실력과 노하우가 있겠지만 7년만큼의 고민도 함께 존재한다. 매일 새로운 고민이 생기고 쌓여가고, 이 책을 마무리할 때까지도 이렇다 할 해결 방법은 나오지 않았다. 아마 평생 고민해야 하는 숙제일 것이다.

이렇게 평생 안고 가야 할 문제들이라면, 내가 단단해지는 수밖에 없다. 슬프게도 많은 것을 포기하게 만드는 시대에 살고 있지만, 그 와중에도 온전한 내 두 발로 서고자 하는 마음으로 나와 우리는 버티고 만다.

나는 이런 슬픈 얘기들을 웃으며 말하고 싶었다. 이 책은 슬픈 이야기를 하고 있지만 그래도 함께여서 즐거운 친구들과의 술자리의 모습과 비슷해지고 싶었다. 결국 해답은 없겠지만 같은 고민을 안고 있는 사람과 마주하는 것만으로 위안이 될 때가 있으니까. 그 작은 목표가 조금이라도 전해졌기를 바란다.

마지막으로, 이 책을 위해 함께 달려준 조주원 그림 작가님과 웨일북 박주연 편집자님께 감사의 마음을 전합니다.

조자까

직장 생활을 하면서 부쩍 자신을 탓하는 일들이 많아졌습니다. "왜 나만 인간관계가 어려울까?" "왜 나는 일이 어려울까?" "왜 내 일만 이렇게 바쁘고 힘들까?" 업무적 부족함을 곧 나의 부족함으로 받아들이며, 자신을 스스로 갉아먹는 '왜 나만'이라는 불행한 말을 긍정적으로 바꾸고 싶었습니다.

언젠가 문득 내 삶이 불행하다고 느껴질 때, 주어진 일들이 힘들고 괴롭다는 생각에 빠져들 때, 이 모든 근심이 스스로를 불행하게 만들더라도 혼자에게만 일어나는 일이 아니라는 걸 알아주었으면 합니다. 아무리 힘들고 화나고 짜쳐도 결국 우리는 그만큼의 성장을 하고 있습니다.

비록 이 책에 나온 회사는 여러분들과 다른 이야기일 수도 있습니다. 그렇지만 결국 여러분과 크게 다르지 않은 회사에서의 이야기입니다. 페이지를 넘기면서 생각지도 못했던 어느 한 구절이 당신에게 위로가 될 수 있길 바랍니다.

그렇게 모두가 조금씩 이겨내는 하루가 되길, 오하 님과 함께 바랍니다.

좋은 패스는 달리는 사람에게 날아간다

초판 1쇄 발행 2020년 2월 11일
초판 2쇄 발행 2020년 2월 21일

지은이 오하, 조자까
펴낸이 권미경
기획편집 박주연
마케팅 심지훈, 강소연
디자인 어나더페이퍼
펴낸곳 ㈜웨일북
출판등록 2015년 10월 12일 제2015-000316호
주소 서울시 마포구 월드컵로32길 22 비에스빌딩 5층
전화 02-322-7187 **팩스** 02-337-8187
메일 sea@whalebook.co.kr **페이스북** facebook.com/whalebooks

ⓒ 오하, 조자까, 2020
ISBN 979-11-90313-20-9 03810

소중한 원고를 보내주세요.
좋은 저자에게서 좋은 책이 나온다는 믿음으로, 항상 진심을 다해 구하겠습니다.

「이 도서의 국립중앙도서관 출판예정도서목록(CIP)은
서지정보유통지원시스템 홈페이지(http://seoji.nl.go.kr)와
국가자료공동목록시스템(http://www.nl.go.kr/kolisnet)에서 이용하실 수 있습니다.
(CIP제어번호 : CIP2020003295)」